Para Julián, Magalí, Joaquín, Areli y Valentino
—Y.S.M.

Para las niñas y los niños de todos lados
—J.K.

Título en inglés: Where Are You From?
© 2019, Yamile Saied Méndez (texto)
© 2019, Jimyung Kim (ilustraciones)
Todos los derechos reservados. Impreso en China.

ISBN 978-0-06-291525-2

La ilustradora usó acuarelas y técnicas digitales para crear las ilustraciones digitales para este libro.
Diseñado por Erica De Chavez
19 20 21 22 23 SCP 10 9 8 7 6 5 4 3 2 1
❖
First Edition

¿De dónde eres?

por **Yamile Saied Méndez** · ilustrado por **Jaime Kim**

HARPER
An Imprint of HarperCollinsPublishers

¿De dónde eres?,
preguntan.

Tu mamá es de aquí.

Tu papá es de ahí,
dicen.

Soy de acá, de este lugar,
igual que todos los demás, digo yo.

No, ¿de dónde eres de
verdad?, insisten.

Le pregunto a mi Abuelo porque él sabe todo,

y al igual que yo, tiene un aire de como que no es de aquí.

Abuelo piensa.
Entrecierra sus ojos como si
estuviera mirando adentro de
su corazón para encontrar
la respuesta.

Tú vienes de las pampas,

del campo libre y abierto, dice.

Vienes del gaucho
valiente y fuerte.

Del río marrón, que limpia y alimenta la tierra
que nos da el grano para el pan, la leche de las vacas.

Eres de montañas tan altas que le
hacen cosquillas en la panza al Señor Cielo,

donde el cóndor anida a su familia
y el jaguar merodea en las noches.

Pero también eres de los mares cálidos y azules
que alguna vez los guerreros de bronce
trataron de domar

y que las palmeras elegantes
acarician con sus dedos.

Eres de huracanes y tormentas oscuras,

y de una ranita cuyo canto llama a los isleños para
que vuelvan a casa cuando el sol se va a dormir.

De esta tierra donde nuestros ancestros construyeron un hogar para todos,

aun estando encadenados por el color de su piel.

Eres de las abuelas que buscan
a sus nietos y nietas, esperando,
siempre esperando en una plaza,
sus pañuelos blancos envolviendo
el dolor de sus recuerdos.

Vienes de la luz del sol que ilumina
nuestro camino en este mundo, y de la lluvia
que lava y limpia nuestros errores.

Pero Abuelo, le digo,

¿de dónde soy de verdad?

Abuelo se ríe.
¿Quieres un lugar?

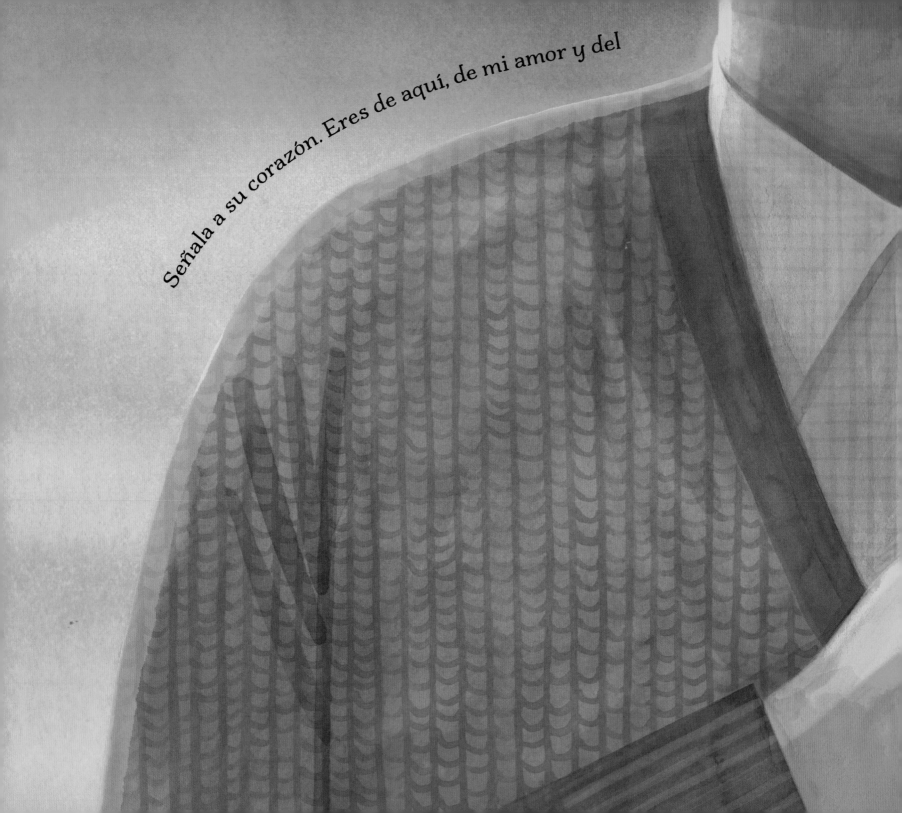

Señala a su corazón. Eres de aquí, de mi amor y del

amor de todos los que existieron antes de nosotros,

de aquellos que soñaron contigo
al escuchar una canción bajo la Cruz del Sur

o al leer las palabras de un libro escrito
bajo la luz de la estrella del Norte.

¿Tú?

Tú eres de todos nosotros.

Lo soy.